복합상징시기획시리즈 · 3

빼앗긴 사랑

강성범 詩集

 중국조선족복합상징시동인회

빼앗긴 사랑

움직이는 그림, 부챗살이 춤춘다

중국조선족복합상징시동인회 회장 · 김현순

거시적인 우주로부터 먼지, 세포, 입자에 이르기까지 우리가 사는 세상 전체가 복합 구성을 이루고 있음은 삼척동자도 다 아는 일, 거기에 문명이 개입되면서 인류는 상징을 동반하며 오늘에 이르렀다.

복합상징구조는 세상 구성의 이치라 할 수 있겠다. 들뢰즈와 가타리의 <천개의 고원>의 핵심이론인 이좀의 원리에 상징을 부여하여 복합구조를 통한 정체성 회복을 꾀하는 것이 복합상징시의 기본형태라고 할 수도 있겠다.

매 하나의 단절되고 흩어진 이미지들을 그냥 그대로 연결고리가 없이 무중심, 무중력 상태에서 저마다 임의의 변형이 아니라, 하나의 정서 팽창을 바탕으로 한 변형의 능동적 가시화 작업을 거쳐 최종 화자의 경지를 보여주는 것이 복합상징시인 것이다.

변형의 최종목적은 상징을 불러오기 위해서라고도 할 수 있겠다. 복합상징시는 인류문명이 고도로 발달해가는 글로벌시대, 더욱 높은 차원의 우주를 열어 가는 데 정신적 지혜의 공간을 제공해주어 마음을 다스리는 효과적인 작업이 아닐 수 없다.

복합상징시가 보여주는 화자의 경지, 그것은 현실세계가 아닌 화자의 영혼 심처에서 인기된 가상세계에서 비롯된 것이며 그것은 또한 현실세계와의 접목 속에서 공감대를 찾아 현실 계몽의 역할을 감당하기도 한다.

강성범 시인의 복합상징시집 「빼앗긴 사랑」은 토막난 생명체들의 꿈틀거림의 조합으로써 화자의 정서의 깊이와 영혼의 경지를 펼쳐 보인 전범(典範)이 될 수 있다고 본다.

시 <새벽>을 들어 본다.

빛이 두려워 도망가는 어두움
자리 잡은 아침
부끄러워 얼굴 붉히는 동녘 해

가슴 풀어헤친 구름송이
잠자는 호수 깨운다

산도 나무도 푸른 하늘도
수채화로 드러눕고
온갖 잡새 노래가
누리 쥐고 흔든다

－<새벽> 전문

이 시에서 등장한 물상들은 '어두움, 동녘 해, 구름송이, 산, 나무, 하늘, 온갖 잡새'들이다. 화자는 이러한 물상들을 변인화(變人化)의 작업을 거쳐 세상과 다가서는 거리감을 좁히기에 애썼다. 또한 그것들을 살아 생생히 움직이는 것으로 표현함으로써 생명력을 과시하게 되어 이미지들마다 팔딱거리게 하였다. 어두움은 도망간다, 동녘 해는 얼굴 붉힌다, 구름송이는 가슴 풀어헤친다, 산·나무·하늘은 수채화로 드러눕는다, 온갖 잡새가 누리 쥐고 흔든다… 등과 같은 표현은 이미지 조합의 정체를 살아 있는 생명체로 탈바꿈시킨다.

더욱이 중요한 것은 변형이다. 변형이란 원유의 형태를 비틀고 굴절시키고 덮어 감추고 은어(隱語)로 표현하여 세상이 쉽사리 알아보지 못하게 하며 수수께끼 같은, 애매성과 모호성이 매력으로 된다.

경박하고 경솔한 느낌을 주기도 하는 직설의 힘은 문명이 치달아 오르고 예술이 깊어갈수록 자취를 감추게 되며 신중하고 궁량 깊은 성숙을 보여주기도 하는 상징으로 표현이 바뀌게 된다.

초급단계로부터 고차원에로의 향상을 지망하는 것은 인류의 본성이다. 하여 변형은 현대인들의 사치스런 멋이라고도 불린다.

강성범 시인은 이 시에서 '구름이 가슴 풀어헤쳤'다고 했으며 새들 노래가 '누리 쥐고 흔든다'고 표현하였다. 구름에게 가슴이라면 무엇이겠는가. 그리고 노래에게 손이 있다면 무엇이겠는가. 이것은 현실세계에서 도저히 성립될 수 없는 현상이다. 하지만 화자의 가상세계에서는 이 모든 것들이 다 가능한 것으로 된다. 그리고 그것들이 어색하지 않고 자연스럽게 현실세계와 접목한다. 마환기법을 통한 판타지적 변형의 표현, 그것이 낳는 상징의 깊이와 폭은 엄청 크다고 말하지 않을 수 없다.

　백사장 뒹굴던 숨결
　파도가 달려와 그러안는다
　눈 내리는 바닷가
　갈매기 울음소리
　물안개 헤치며 조가비 귀를 열면
　사운대는 기억의 섬바위
　이랑이랑 쓰인
　어제를 읽으며
　퍼렇게 멍든 세월 깔고 앉는다

　－<편지> 전문

　이 시는 네 개의 이미지군(이미지덩어리)으로 구성되어 있다. 두 번째 이미지군을 빼고 기타의 이미지군들은 전부가 환각적 마환기법으로 변형되어 있다.

　첫 번째 이미지군에서는 '숨결이 뒹군다', '파도가 달려와 그러안는다'는 능동적 가시화를 통한 환각의 흐름을 보여주었으며 세 번째 이미지군에서는 '조가비 귀를 열면' 섬바위가 '사운댄다'고 의인화 처리를 하였다. 네 번째 이미지군에서는 섬바위가 '어제를 읽으며', '세월을 깔고 앉는다'고 변인화 처리를 하였다.

　전반 시는 기억 저편의 아름다움에 대한 끝없는 동경과 회한의 마음을 보여준 것으로써 제목도 <편지>라고 한 것이 퍽 재치 있는 스틸이다. <편지>는 내가 누구에게 보낸 것도, 누가 나에게 보낸 것도 아닌 내 영혼이 나에게 가르쳐준 미묘한 경지의 지침서라고 볼 수 있다. 화자는 그 경지를 거울처럼 자주 비춰보며 흘러간 옛날에 대한 그리움으로 수많은 편지를 날렸을 것이다. 아름다움에 대한 추구, 그러나 그것은 한낱 편지 문안과도 같은 존재가 되어 버린 현실의 아픔이 찬란한 무지개처럼 화자의 하늘에 곱게 비끼어 있다. 화자는 바로 이러한 심적 경지를 상관물을 통한 이미지들의 환각적·능동적 가시화 처리를 재치 있게 변형시킨 것이다. 뿐만 아니라 그러한 환각적 이미지들은 모두 하나의 정서를 위하여 변형되어 정체를 위한 조합을 실천한다는 것이다.

무릇 어떤 생각, 환상, 환각 따위는 화자의 정서 팽창에 의하여 생성되는 것이라고 할 수 있다. 인간의 정서는 마음에서 비롯되며 마음은 영혼의 가르침에서 온다고 하였다. 인간은 정서의 산물이기에 정서가 팽창할수록 그에 따르는, 변형된 이미지들을 통한 상징이 더욱 확실해진다.

인간은 어떤 정서가 고도로 팽창될수록 그에 따르는 생각·환상·환각이 풍부해지는데, 그것들은 형태가 천 갈래 만 갈래로 분류되고 매 갈래의 것들은 저마다 각이한 변형을 거치며, 법칙은 일매지게 하나의 팽창된 정서에 알맞은 변형을 거친다는 것이다. 그러한 변형의 조각들이 한데 모여 정체를 이루게 되며 이것이 복합상징시의 가장 근본적인 핵심요소라 할 수 있다.

때벗이가 길 떠났다
구름 타고 산 넘어 강 건넜다
지독한 놈들 간 녹인다
살점이 찢기고 뼈 깎인다

밤마다 방황하는 사랑
아물 줄 모르는 상처 고름 흐른다
번갯불 갈기갈기 심장 찢는다
마른 땅 딛고 선 고별
눈물이 천지를 삼킨다

－<폭우> 전문

이 시에서는 '때벗이, 지독한 놈들, 방황하는 사랑, 상처, 번갯불, 고별, 눈물' 등 상관물이 등장한다. 이러한 상관물들은 저마다의 이미지군을 형성하는데 하나의 정서 즉 고통이라는 것에 의해 변형되어 조합을 이루고 있다.

길 떠난 때벗이가 정처 없이 떠돈다, 간이 녹고 살점이 찢기고 뼈가 깎인다, 방황하는 사랑의 상처에선 고름이 흐른다, 심장 딛고 선 고별의 눈물은 천지를 삼킨다.

시는 이와 같은 환각의 흐름을 펼쳐 보이고 있는바 정서의 밑바탕은 전부가 고통이라는 것이다. 그 고통이 어데서 왔으며 또 어디로 흘러갈 것인가에 대해서 화자는 일언반구도 제시하지 않았다. 애매성과 모호성, 수수께끼와도 같은 은밀한 상징은 복합상징시의 매력이기도 하기 때문이다.

이와 같은 사례들은 이 시집에서 눈 감고 집어 들어도 부지기수라고 할 수 있다. <커피>, <쪽배>, <꿈>과 같은 시들은 그 가운데서도 빼어나게 잘되 수작이라고 볼 수 있겠으나 일일이 분석, 설명하지는 않겠다.

마지막으로 시 한 수를 더 들어 보기로 한다.

얼굴이 심장 달랜다
어둠이 눈물 흔들어대며
고독 춤춘다

부질없는 넋두리 한숨 토하고
지나간 발자국 설움 낳는다

그리움 삼킨 빨간 추억
불타는 마음 부채질하면

지나가던 새가 날아와
이름 석 자 물고 달아나 버린다

　ー<임 그리워> 전문

이 시에서는 능동적 가시화 처리가 특히 잘되었다.
'달랜다, 흔들어댄다, 춤춘다, 토한다, 낳는다, 삼킨다,
부채질한다, 달아난다'와 같은, 감각적 언어를 통한 능
동적 표현을 함으로써 최대한 가시화를 실현하였다.
매개 이미지들은 또한 환각적 상징의 변형을 서슴없이
대담히 펼쳐 보이고 있다.
　어둠이 눈물 흔들어대며 춤추고 넋두리가 한숨 토하
며 발자국이 설움 낳는다. 추억이 부채질하면 새들은
이름 석 자 물고 달아나버린다.
　마치도 한 폭의 판타지 동영상을 보는 듯한 느낌이
들지 아니한가. 그것도 변형된 이미지들의 능동적 가
시화, 그것이 펼쳐 보이는 마음의 경지는 어떠한 것일
까. 떠나 버린 임에 대한 그리움인 것이다.

화자는 바로 이렇게 자신의 경지를 능동적 가시화를 통한 상징의 변형 조합으로써 실천을 꾀했던 것이다.

인류문명이 고도로 발전함과 더불어 고차원, 다선, 다각구조를 이루는 복합상징의 세계는 끝없이 무한확장으로 충만되어 있다. 또한 그것들은 저마다 살아 꿈틀대는 햇살처럼 누리를 비추며 춤추는 부챗살 되어 잠든 영혼을 깨운다. 이제 우리는 명멸하는 복합상징의 세계에서 영혼의 수련작업을 거쳐 빛나는 보석으로 남는 일밖에 더 무엇이 있겠는가.

강성범 시인의 시집 「빼앗긴 사랑」의 페이지마다 피어난 향기 진한 꽃송이에 입술을 갖다 대면서 이상으로 시집에 대한 평글을 붙여 본다.

시집 출간 감축드리는 바이다.

2020년 1월 25일

차례

빼앗긴 사랑

그리움

바람의 손톱 달 노크한다
지짐이가 도글도글
창문 굽는다

노란 얼굴 가슴 열고
까만 밤 반죽한다

아쉬움

쫓기는 입술
바람이 키스한다
먹구름 하늘 걸레질해도
가시 돋친 추억
가슴 헤친다

고기잡이

명품 둘러멘 낚싯대
푸른 호수 달려간다

향기의 늪에 개구리
기쁨이 자유로이 헤엄친다

입에 문 행복
가슴 시린 불만 불사르고
버릇된 투정 쫓아낸다

고마움 기쁨 안고
아름다움 물결치니
즐거움 넘쳐흐른다

깍두기

한 무리 폭도들이
서슬 푸른 칼 휘두른다
파랗게 겁에 질린
무고한 자들

몸뚱아리 뭉텅뭉텅 잘리운다
피로 물든 새빨간 시체
저승사자 몰려들어
시뻘건 아가리에 처넣는다

마음·1

청석바위 위에 새 한 마리
가슴에 기쁨 가득 담는다
얼굴이 웃음꽃 말아 들고
세상 향해 손 젓는다

성실과 진실
감사의 비법 만들고
사랑의 즐거움
대지에 향기 뿜는다

녹슨 행복
영혼 때 벗기면
성심과 성의 빛깔이 어울려
만물이 조화되는
원천이 된다

마음 · 2

정다움 옷고름 풀고
깜장손 가슴 만진다
심호흡…
발이 구름 딛고
꿈속을 난다

땀구멍마다에서 내돋은
진주구슬
저마끔 날게 돋친 별 되어
깜박깜박 밤을 빛낸다

구심환

마음 다스리는
신비한 병사들
문턱 뛰어넘는 저승사자 몰아낸다
황천길 찾아
넋을 잃고 쓰러진
영혼 붙잡아
혼을 불어넣는다
이슬 맺힌 아침햇살
삶을 찾아 새롭게 출발 시도한다

떡잎

어깨에 푸른 꿈 둘러메고
오늘 위해 묵묵히 걸어왔다
살이 찢기고 피가 말라
얼굴이 누렇게 황달이 들었다
발람 몰아온 세월 따라
무럭무럭 맑은 하늘 우러러
푸른 꿈 나래침은
미소 짓는다

밤하늘

망망한 대해 초롱불 켜들고
미끼를 수없이 뿌린다
구름 타고 걸터앉은 낚싯대 미끼 뿌린다
솟아오른 별찌
물속으로 사라진다
구름이 춤추며 호수물 덮는다
줄들이 수없이 드리운다

비

창문 열고 빠끔 내민 얼굴
쓰담아 가슴 적신다
허공 헤매던 갈망
만면에 웃음꽃 핀다

애타게 그리던 목마름
꽃마차 타고 마중 나온다
뜨거운 눈물 주르륵
그리움이 얼싸안는다

꽃

짓밟히는 고요 적막 껴안고
앉을까 말까 줄까 말까
생각의 이파리 곱게 펼친다

날름거리는 향기
비바람 걸머쥐고
세월의 씨앗 까맣게
색칠해 간다

얼굴

입술 빨간 연지곤지
푸른 하늘 한 조각 뜯어내어
흔적 닦아낸다
거울에 비낀 속살
향기의 흐름이
붕붕대는 꿀벌 흉내를 낸다

아침 · 1

호랑이 따웅
바위에 발톱 박는다
바람 따라 춤추는 그림자의 무게는
햇빛이 끌고 간다

분꽃 따서 세수하는
아침의 손 찢겨도
구름의 속살에는
분가루가 샤워한다

아첨 · 2

꼬리 살살 내저으며
치마폭 살짝 들고
그림자 밀어 넣는 바람의 택배

춤추는 매너가 글을 쓴다
빛으로 적어 넣는 고독의 여백
부뚜막 고양이의 발톱에
찢길 때도 있었다

기다림의 식탁엔
센스 넘치는 허무의 그리움도
케첩 발린 태양의 할딱임도
잔치 벌일 때도 있었다

유혹

연지곤지는 꽃마차 끌고 온다
추파의 이슬은 아름다운 물결이다
바람에 나부끼는 나뭇잎
으깨진 달빛이 어둠 딛고 걸어간다

팔자

바람의 신선놀음
버드나무 그늘에 둥지 튼다

하늘에 뜬 구름
근심의 흔적 지우고

빨간 혀의 촉감
잠든 지구 감싸안는다

커피

꼬리 치는 그리움
가슴 파고든다

고백의 치맛자락 시간 끌고
순정의 옷고름 깃발로 나부낀다

손 내미는 빈 잔의 여유
햇살이 찰방거림

훌훌 불며 갖다 대는
바람의 입술엔
립스틱이 웃어 준다

용서

꽃피는 핏방울엔 향기가 일어서고
불면한 밤의 꼬리
향대 하나로 꿋꿋이 일어선다
나무관세음
날선 겨울의 눈짓에도
홍매화는 피어 있다
아수라의 팔과 다리 제각기
봄을 쥐고 흔들어 댄다
절렁절렁 마음이 녹아내리는 소리
푸른 하늘 무심코 내려앉는다

험담

매니큐어의 색깔은 퍼런색이었다
찌푸린 미간으로 아녀자는 걸어 나왔다
펄떡이는 심장 양손에 갈라 쥔
바람의 햇살엔 물소리도 목이 쉬었다
수천의 침 뽑아 든 소나무의 잎은
억겁을 그렇게 멍들어 있었다

향기

꽃바구니에 담겨 있지 않아도
존재는 튼실했다
황홀한 장식 더듬는 손의 떨림은
아침에서 저녁의 떨림 잊지 않는다
꼬리 감추는 아픔의 미소엔
이슬이 투명함 뽐냈다
결국
보이지 않는 곳에
이름은 숨어 있었다

바구니

담아야만 하는 것이 숙명이라면
비워두는 것도 사랑임을

세월 엮어 틀어 올린 고독의 공간은
말씀의 가슴 헤친다

물이 풀 잡고 일어서던 날
빛이 바람 잡고 찾아와
구멍 난 가슴에
들락날락하였다

소나무

갑옷 걸치고 떨쳐나선 용사
천길 벼랑 밟는다

펼쳐지는 겨울 흰 주단
수리개 허리 굽혀 인사드리고
구름들 몰려와 안마해준다

여름이 목마름 가셔주면
푸른 꿈
창공을 나래친다

폭우

때벗이가 길 떠났다
구름 타고 산 넘어 강 건넜다
지독한 놈들 간 녹인다
살점이 찢기고 뼈 깎인다
밤마다 방황하는 사랑
아물 줄 모르는 상처 고름 흐른다
번갯불 갈기갈기 심장 찢는다
마른 땅 딛고 선 고별
눈물이 천지를 삼킨다

파도

어제도 오늘도 끝없이 싸운다
어느 때 끝날지 모를 전쟁
수없이 달려드는 수천수만의 병사
앞사람 쓰러지면 뒷사람
하얀 칼 휘두른다
분골쇄신……
철써덕 철써덕 쿵—쾅

요란한 함성 천지를 진감한다
거연히 우뚝 솟은 금성철벽
가시 돋친 파란 장병들
태연자약 꿈쩍 않는다

인연

어둠을 헤치고 달려오는 불빛
날 저물어 갈 길 아득한 나그네
암흑을 물리친 둥근 해님
얼굴이 붉어진 이른 아침
이슬 머금고 길 밝힌다

해맑은 하늘가에 내리는 햇비
현란한 무지개다리
사랑이 손잡고 걷는다

비암산

천자만홍 현혹된 눈
향기에 마취돼 비칠비칠
산신령들에 업혀 나래 떨친다
다리 건너 천당 오른다

꽃의 웃음에 매혹된 나비
넋 잃고 길 헤맨다
태평세월 봄바람 실어오고
행복이 모여 앉아 술 마신다

그리움

어둠 비낀 하늘
눈물 흘린다
꼭 껴안은 사랑
가슴 헤친 입맞춤
나래치는 꿈

파문 따라 기억
슬픔이 몸부림친다
무수한 별들 모여
밤을 허빈다

눈

맞붙은 털 갈라지고
부둥켜안았던 살 헤어지니
까마득한 암흑 꼬리 감춘다

빛이 대문 열어
자연 비집고 들어온다

순응하는 만상이
손잡고 춤춘다

그리고

세상물정 만지는 요지경
잠자는 대추 깨운다
책 찾아 화분 안고
말 타고 우주 달린다

환희가
천문 읽는다

외로움

별빛이 흐르는 강 언덕
짝 잃은 외기러기
가슴 찢어 괴로움 토한다

구름 속 자맥질하던 둥근 달
상처를 허비는 아픔의 발톱
들쑤시는 애달픈 마음 달랜다

속까지 홀랑
송두리째 뽑힌 충성
강 건너 산 넘어 꼬리 접는다

생채기에 소금 뿌린 쓰라림
고요가 묵상 끌어안는다

삶

바람 따라 흔들리는 나그네
쓸쓸함이 임자 씹는다

시름 안고 심장 불태워
비바람 몰아쳐도 향기 여전하다

광풍폭우에 귀싸대기 맞고
쓰러졌던 적막

흰서리 짓밟히는 계절에도
전신이 갈기갈기 찢겨도
뿌리만은 생생함 만진다

물만두

어머니의 손끝에서
포동포동 살찐 개구쟁이

하얀 너울 뒤집어쓰고
퐁당퐁당
앞다투어 뛰어든다

결백한 온천수 퐁-퐁
샘솟는다

하나 둘
자맥질 끝마치고
말쑥한 얼굴 내민다

행복이 손잡고
달려온다

52

새벽

빛이 두려워 도망가는 어두움
자리 잡은 아침
부끄러워 얼굴 붉히는 동녘 해

가슴 풀어헤친 구름송이
잠자는 호수 깨운다

산도 나무도 푸른 하늘도
수채화로 드러눕고
온갖 잡새 노래가
누리 쥐고 흔든다

아침

가슴 풀어헤친 커튼
창문 비집고 들어오는
빛의 사랑은 맑다

허공을 헤매던 어둠
환희에 들끓을 때

하얀 꿈 기쁨 안고
우주를 주름 잡는다

깨어진 사랑

하얀 너울 빨랫줄에 앉아
그네 뛰는
고추잠자리의 하소연

밉상스런 호랑나비
역겨워 꼴 토한다

짓밟힌 순정은 눈 감아도
함박꽃 순정은
속수무책 만지며
가슴 허빈다

안개

덮어 감춘 무정세월
추억 물들인다

아리고 쓰리고 서러웠던 계절
안타까운 종소리로
아련하게 들려온다

세월 따라 서서히
연기 되어 사라지는 산
눈물 더듬어 지난날 반짝인다

연정

푸른 하늘 한 조각 쭉 찢어
무르익은 가을편지

가슴 불태우던 첫사랑
엉덩이 상큼하다

산들바람 그리움에 나부끼고
산마루에 괴로움 없는다

들려오는 귀에 익은 목소리
노랗게 빨갛게 새긴 추억

버드나무 아래
검은 머리
갈밭에 이르렀다

사랑

가을이 얼굴에서
빨갛게 익는다
푸른 가슴 만지며 흰 구름
수채화 한 폭 그려놓고
웃음이 쾌락 움켜쥐면
영혼이 노랗게 굽어진다

순정 용솟음쳐 오르면
달구었던 몸뚱아리 꿈 익히고
붉게 물든 단풍
탐스러운 가을 노래한다

새싹

구름 타고 내려오는 봄아가씨
흰 이불 덮고 잠든 애들
살랑살랑
흔들어 깨운다

아침노을 타오르는 푸른 꿈
한바탕 늘어지게 기지개 편다

둥근 해님 방긋 웃어주면
새 희망 나비 되어 춤춘다

우뢰

옥에 갇혔던 무고한 자들
천지를 뒤흔들며
꽝 두드리는
자유의 문
울리는 소름

섭리

처녀지에 씨 뿌리고
꽃구름 타고 가버린 사랑

심장이 가슴 열고
장작 집어넣는다

황금열매 춤추는 계절
노랗게 빨갛게 물드는 순정
이별이
눈물 흘린다

밤

가슴 헤친 실개천도
노래는 불려야 했다

온갖 잡귀 춤추는 나라
어둠의 왕국

달래는 아픔 달빛 엮어
푸름 숲 헤쳐 정답 찾는다

봄 · 1

청춘이
빠끔히 열린 가슴 사이로
아가씨 마중 나간다

햇살이 찔러주는 내음
손에 든 기시는 향기임을 알며
꽃망울 얼굴 붉혔다

봄 · 2

아지랑이 들판에 마실 나선다
따뜻함 사뿐사뿐 다가와
해맑은 미소 꽃으로 선물한다
들판엔 찰방대는 향기의 전설
바람이 어루만지며
춤추며 놀면
대지가 흥겨워 가슴 열고
하늘 받아 안는다

여름

무르익은 키스
태양 흘렸다

일어서는 환각의 뒤엉킴
생명의 철학은 더위 깔고 앉아
부채질한다

따사로운 초침과 볼 부비며
세상의 가슴에
배꼽 갖다 대기도 하였다

가을

햇빛이 그를 희롱한다
나무 잎새 외로움 토하며
바람을 그러안는다

담장 밑 국화꽃
향기 녹여 정성 쌓고

푸른 하늘 연모하던 단풍잎
조용히 잠들며
미소 짓는다

겨울

따뜻함 커피 녹여
외로움 잡아주면
투명함 가슴 찌른다

시린 창밖 심장이 감싸안으면
사랑의 굴렁쇠
하늘만큼 땅만큼
생각을 굽으며 시간여행 떠난다

마음

넉넉한 평화가
향기 베푼다

나비의 등에서
춤추는 하늘

굶주림의 잔치가
소중함 풀어내어
공허를 닦는다

추파

노을이 웃음 날리며
얼굴 붉힌다

눈짓하는 속삭임
빛이 되어 밤 설친다

싱숭생숭
구멍 난 기다림 가슴 저며
사랑의 제단에 받쳐 올린다

잃어버린 사랑

어둠이 넘어졌다
생채기가 꿀럭꿀럭 토해내는
기억의 아픔들
엿듣는 가슴의 귀가
청진기 되어 시간을 진맥한다

헤친 알람 여미는데
빛의 실오리
바늘구멍이 필요하다

야심

비방과 중상 칼 쳐들고
청백함 찌른다
피는 아침에서 저녁까지
놀빛으로 숨차고
강물에 헹구어낸 허무의 빨래
구름 위에 얹어도
하늘의 멍든 이마 치유는 없다
사막에 내려앉은 오아시스
선인장 가시에 신다 버린 헌신짝도
걸려 있었다

바위

그 수많은 주름진 가슴에 감춰진 걸
어루쓰는 구름은 모른다
그 수많은 소리들 맘속 깊이 삼킨 걸
바람의 귀는 듣지 못한다

응고된 아픔의 배 가르고
사나이가 걸어 나오는 판타지
동화책 입구가 반역 꾀하던 날
그리움은 드디어 메아리로
무주공간 오래오래
울려 주리라

구름

노을이
절벽 그러안는다

강물이
허공에 웃음 날린다

참사랑 시간 따라
유정세월 띄워 보낸다

느낌

황홀함이 간 태우고
심장 녹이고
웃음소리 굽는다

감격에 목멘
천첩옥산
들끓는 사랑 발톱 펼쳐
꽃 굶는다

동년

색동저고리 입은 삼장
강가를 베고 누워
마음 덧칠한다

노을 익은 시절
미련 더듬어
높이 든 채찍
순간을 때린다

늙고 보니

방향은 취해서 비틀대는데
세월은 막 가지 않는다

끝이 아름다운 사랑
소중함 손에 감고

무언의 해답
솔방울로 굴린다

욕심

너울너울 춤추며
반갑게 손 내밀며
입 쫙 벌리어
평화와 입맞춤하며

배고픈 어두움
허우적이며
향기는 무딘 끝
갈고닦으며

파란 하늘
하얀 구름…

비암산

잠 깬 선율 눈 감는다
별들이 모여 앉아
기억을 반죽한다

천국의 유혹은 구름다리 건너
미궁에 이르고
기화요초 향기 뿜어
천륜 거꾸로 흐른다

파도치는 옷차림
환호소리가
바람개비 돌린다

내 사랑 그대

밤이 달 포옹하면
고독이 옷고름 풀고

부엉새가 울음 맞아
치마 벗는다

사무침 정다움 물고
기타 튕기면
어제가 가슴 헤쳐
시간 옆에 눕는다

사무침

달이 어둠 희롱하고
부엉새 도둑놈 울고
옷고름 가슴 헤쳐
밤을 부르는데
정다움 그리움 꺾어
사랑 깃 펴고
애달픔 기타를 탄다

고독

외로움 대지를 씹고
가슴 흑운 감싼다
눈물이 작은 손 내밀어
쓸쓸함 허공에 나부낀다

불타는 심장
새벽 찾는 밝은 빛
사랑노래 부르며
연정의 싹 파랗게 움튼다

고향마을

신바람 허리펴기 운동
청룡이 구불구불 길 안내하고
산천경개 꽃다발 흔들어 준다

활개 치는 벽촌마을
헐벗은 옛날이 옷 갈아입고
웃으며 언덕에 옮겨 앉는다

늙음

높이 든 채찍 기억 때린다
무릎 꿇은 산
잔주름 움켜쥔 두려움
석양이 녹인다
흰서리 바람 안고 춤추고
빈 공간에 담고 갈 이야기
쭉정이가 배고프다고 한다

세월 따라

장알이 손바닥에서 뛰놀고
밭고랑 타고 춤추던 흙내음
꿋꿋이 일어서서 기침을 한다

왈칵 토해버린
송진냄새

꽃잎 묻은 손이 받아 들고
노을 속으로
까치 되어 날아간다

삶 · 1

욕심 먹은 고달픔
몸서리치며
사막의 등 밟는다

키스와 포옹과 교섭의 깃발
오아시스에 내리꽂혀
멍든 하늘

녹은 열쇠의 시간은
배꼽 헤며 간다

삶 · 2

영혼의 부추김
차가운 손이 잡는다
설레는 가슴
조각달 여윈 숨결 잠재우고
별들이 눈 깜박이며
어둠 저어 대안 부른다

눈물 닦는 시간
천사의 저고리에 꿈은 빛나고
따뜻함이 낳은 미소
찬란함 키스한다

새끼줄

꼬옥 끌어안고
다독여 주던 숨결
비벼 꼬는 센스도 멋이란다

메마른 추억 물 마시고
부드러운 시간 곡선 이루면
팔짱 끼고 늘어진 세월
가슴 비우며 똬리 튼다

골목길 처마 밑
저녁노을 물들던 공간
호호백발 손잡고
산책길 떠난다

저버린 약속

양철통 두드리며
가슴 쳐대던 찰떡방아
생채기에 소금꽃 허옇게 돋아
원망 고개 들고
배암의 혀 나불거린다
찌푸린 미간에 떠오른 달
앙다문 입술 피가 깨물고
구름이 흠칫 떨며
닦아주고 간다

뭇별이 총총

달빛이 책 꺼내 들고 읽으면
옹기종기 모여 앉아
옛이야기 듣는 어둠의 눈동자들

장작불 강냉이 끌어안고 사교춤 추면
감자들 숯불 뒤집어쓰고
숨바꼭질하겠지

그렇게 세월은 흘러
나무들은 옷단장 거듭나고
오곡이 머리 숙여
가을풍경 노래하면

겨울 넘어 새봄이
파란 미소 지으며
사뿐히 다가온다

마무리

어둠이 고요 덮고 누운 밤
시린 가슴 빗장 열고
텅 빈 하늘에 별 하나 띄워 본다

포근한 어둠 감싸고 다가서는
헐벗은 기억의 메아리
할딱이는 숨결에 나부끼는
색 바랜 나뭇잎 하나

구름 넘어 저편엔 노란빛 싹트는
내일의 에너지
텔레파시 감아쥐고 눈 감는 아침에는
햇빛 또한 정답게 어루쓸어 주리니

거친 날개 가다듬고
소망 하나 기도로 불태우며
초불은 이 밤도 적막 밝혀
시간을 춤춘다

이웃

미소 짓는 마음 눈 뜨고
우연과 만남 씹어 즐거움 빚는다

어깨와 어깨 부딪치는 빛살들이
맘속에 날아내려
무지개 위에 신기루 쌓는다

봄이 심어놓은 소중한 씨앗
밝은 햇살 받아 먹는다

즐거움 달려와 노래 선물하고
꽃다발 깨어나 춤춘다

예감

기다리던 바람 창문 노크하면
달려오는 숨결소리
그리움 집어 귓가에 갖다댄다

입 꼭 다문 봄
속삭임 꺼내 만진다

이슬이 걸어 나오며
두 팔 벌려 꿈의 눈동자 그러안는다

반해버린 마음

심장을 녹여 버리면
잠들었던 먼지들 하나 둘 깨어나
눈동자를 덮는다

붉은 해님 노랗게 구워지면
씻지 않아도 보얀 얼굴
바람이 팔 벌려 그러안는다

깊어가는 가을

꿈이 깃을 치며
긴긴 밤 쪼아 물고
생각 위에 앉는다

빨갛게 노랗게 물들인 계절이
소슬바람 타고
잔디 푸른 봄 찾아 휘리릭-
겨울들판 마파람에 올라
채찍을 든다

쪽배

망망한 바다가
꿈 삼켰다 토했다 변덕 부리고
심장은 날아올라 태양 되었다
파도에 출렁이는 오늘과 내일
등탑 향해 노 저으면
하늘이 파랗게 웃어준다

편지

백사장 뒹굴던 숨결
파도가 달려와 그러안는다
눈 내리는 바닷가
갈매기 울음소리
물안개 헤치며 조가비 귀를 열면
사운대는 기억의 섬바위
이랑이랑 쓰인
어제를 읽으며
퍼렇게 멍든 세월 깔고 앉는다

황무지

꿈이 밭갈이하는
보습날의 발버둥

씨앗의 눈물
파종을 덮는다

허허벌판 춤추는 바람
쑥대 끝에 매달린 봄이
피리 불며
생채기를 덮으면

생각이 가슴 열며
첫사랑 기억
들어 올린다

살아가노라면

짠맛 쓴맛 단맛 신맛
줄지어 행진한다

작은 알갱이는 빠져나가고
큰 것들만 남아서
결석이 된다

맺지 못할 사랑인 줄 알면서도
암덩어리 키우는
행복 바이러스가

으깨진 이름 받쳐 들고
결백한 눈꽃이라 부른다

인생·1

나부끼는 옷자락 잡고 손짓하는
바람의 유혹
풀잎에 내려앉아 그네 뛴다
들판이 꽃향기와 키스하는
스캔들 캡쳐하며
음병 앓는 바람의 속내는
하얗다

인생 · 2

은방울 굴리는 계곡
날개 편 자랑
하얀 이빨 가쯘하다

손 베어 흐르는 피
눈물 타고 바다에 이르면
출렁이는 시련의 파도

굽혔다 펴는 다리의 근육
언덕 넘어 햇살
들어 올린다

인생 · 3

솜사탕 녹이며 구름이 숨는다
마음의 생채기에 꽃구름
눈물 떨군다
시냇물이 거리의 가슴 연다

꿈

우주가 구름 타고 달린다
바람이 고향 집어 들고
논밭에 걸어 놓는다

벼꽃향기 타는 냄새
안개로 자욱하고
헤엄치는 물고기의 지느러미

풍년 든 보금자리 간질여
황금달걀 굴러 나온다

향기

남 몰래 아지랑이
꽃 감추면
이파리 봄 찾아
인사 올린다

호랑나비 중매꾼
바람 탄 종달새 기별 전하고

사랑의 종지부는
노랗게 멍든 아픔
씨앗으로 영글어
기억의 제단에 얹어둔다

이슬

떠나기 아쉬운 새벽
풀잎에 잠간 입 맞춘다
눈물이 대롱
세월의 언저리에 그네 탄다
언제면 다시 만날까
만나도 아득한 이역 천만리
따스한 햇살이 내려와
보듬어 준다

가랑잎

여름 안고 놀던 푸르름
빨갛게 노랗게
시간 물들인다

가슴 설레던 젊음
새들의 노랫가락 입에 물고
추억 그려간다

희로애락이 씨름 남겨놓고
여행길 떠난다
들메끈이 재채기한다

눈물

노랗게 빨갛게 구워진 세상
싸늘함 타서 마신다
어둠의 옷자락에 이슬 매달려
반짝 빛난다
적막은 밤을 베고 누워
새날을 꺼내어 연필 깎는다

단풍잎

젊음이 무르익으면
가을은 임 찾아
가마 타고 간다

설레는 마음 세상 밖 엿보고
난생처음 잡아보는 속살의 미묘함
황홀함 가슴 태우며
찢어진 짝사랑 깁는다

낡은 철길

아직도 두 다리 쭉 뻗은 채
하염없이 흰 구름 바라볼 것인가
쑥대 끝에 매달린 바람의 혓바닥
산과 들을 노랗게 핥을 것인가
그래도 소쩍새 울음소리
기다리는 별빛 훔쳐
꿈 닦을 것인가

단풍이 들 때

선들바람 9월 희롱하는 마당에서
치맛자락 들어 올리는 가을의 귀두
왈칵 그리움 빨갛게 토해버리며
갈매기 울음 꺼이꺼이 울었다
이제 가면 언제 오려나
천년바위 으깨진 미소 앞에서
귀뚜라미 노래 파도 되어
철썩 처절썩 어둠 때리고
하늘 뚫는 기러기 멍든 약속
하늘에 파랗게 걸려 있구나
눈 감으면 꿈빛 또한 정다운데
지나가던 솜구름
한낮의 이야기 하얗게 지우네

높이 서서 멀리 보다

펼쳐 든 설계도가
산길 밟고 봉우리에 오른다
연지 바른 미소의 설렘
담대한 여유가 담배를 붙여 문다
연기는 꿈으로 피어올라
하늘의 가슴 만지고
강물은 사품 치며 계절 속을 흐른다

임 그리워

얼굴이 심장 달랜다
어둠이 눈물 흔들어대며
고독 춤춘다

부질없는 넋두리 한숨 토하고
지나간 발자국 설움 낳는다

그리움 삼킨 빨간 추억
불타는 마음 부채질하면

지나가던 새가 날아와
이름 석 자 물고 달아나 버린다

설렘

이파리가 바람 잡고 놓지 않는다
시무룩해진 햇살의 질투
뭇새들이 파닥파닥 전단지 나른다
노래와 사교춤은 안녕
하늘하늘 춤추는 단꿈이
허공 캡쳐하며
그리움 박자를 맞춘다

자연법칙에 따라

구름이 철새들의 유언 모아 쥐고
하늘을 색칠한다
나무들의 옷 벗기는 바람의 입술
바르르 떨린다
가느다란 신음 계절의 가슴 덮고
멀리서 싹트는 봄의 입덧
아지랑이 타고 가물가물
기다림의 쪽문 연다

아침 등산 하며

한 폭의 유화 이사해 온
아름다운 산봉우리

실안개 감돌아
성스럽다
햇살이 땅 누비면
가까이 다가서는 향긋한 가슴

속살이 내뱉은 언어들이
여기저기 날아내려
봉선화 백일홍 들마꽃 되어 웃는다

호랑나비의 날개가
흠뻑 젖는다

갈대

이별이 장밤 눈 뜨고
어둠 쫓으며 서성거린다
하룻밤 새에 부도난 영혼이
하얗게 머리칼 물들이고
비어서 껍데기만 남은
허겁의 하루
바람이 묵묵히
흔들어 주고 있다

후회 · 1

얽히고설킨 이야기의 색감
둥지 틀어 근심 걱정 키웠다
가슴앓이 번지수는
수수께끼 곱하기 미로의 날개였다
해법 찾지 못한 풍경소리
처마 끝에 울릴 때
시간이 갈비뼈 뽑아 숫대로 치켜들었다
갈대의 작은 발이 딛고 간 그림자
해변의 백사장엔
소금가루 하얀 오열도 있었다

후회 · 2

늙은 연륜 새기며
바람이 백발 흩날린다

세월의 문턱에 걸터앉아
추억 펼치고
떨어져나간 꽃잎

한 장 두 장 청춘의 날개
더듬어간다

달빛 심장 허빈다
이슬 반짝이며
애상곡 울려 퍼진다

존재의 자체

침묵이 어둠 속을 허우적거린다
답답함이 코를 쑤신다
아픔이여 허공 날아예는
용서의 숭고함이여
비 온 뒤 무지개 하늘에 걸리듯이
정착할 부둣가는 대기되어 있는가
지혜가 마음을 붙잡으면
이해는 고동소리 울리고
잔잔한 미소는 여유로운 물결 찰방대리라

쓸쓸함

별들이 술판에 내려앉아
미역 감던 달
키스는 서글픔 맛보며
가슴 만졌다
눈물 뿌려 악수하는 꽃들의 교접
치맛자락 찢어짐은
바람의 작간도 아니었다
영원히 닿을 수 없는 빛이기에
별들의 존재가 슬퍼질 따름이었다

언제면 손잡을까

눈물이 피를 삼킨다
가슴이 어둠을 낳는다
후회가 손을 내민다
다시 잡은 악수가 절벽을 만진다
바다가 파도 일구며
백사장 덮으면
그물 끌고 가는 어부의 수염에
비린내 매달려
고드름 빛난다
겨울 떠나간 임 소식
갈매기가 물고
구름 위에 얹어둔다

후반생

석양에 불타는 저녁노을도
빛 꺾어 물고 자랑한다
삣쫑 삣쫑 삐로쫑
잔에 담긴 노래 쪼아 먹는
갈새의 추억은 빨갛다
한 모금 두 모금 취하도록 마시어
산과 들 손잡고 춤출 때
시간은 전반생을 말아 쥐고
정수리에 별빛으로 내려앉아
나무아미타불 똑도궁……
염불 외우며 그림자 속으로
들어간다
이제 저녁은 차갑고
달빛은 부드러움에 볼 비빈다

거울

영혼이 순수와 진실 나뉘고
풍운조화의 언덕에 올라선다
가다듬는 청순함의 목소리
흑암의 저널 지나 순록의 창 열면
왼손잡이 나그네 걸어 나와 악수 청한다
허무의 나이는 그림자의 구토증이라고
씌어 있었다

봄바람

기쁨이 가만히 방 안에 들어선다
걸음마다 가벼운 바람이다
설렘의 속삭임은 파란 눈썹이다
옷 벗는 소리에 눈 감고
귀를 연다

가을나무

문턱에 앙상한 늙은이 서 있다
메마른 살가죽은 갈증이 온 거다
흐느끼는 바람이 보초를 선다
하늘은 예대로 푸르고 구름은 하얗다
지구 반대편에서 빙산 녹아 흐르는 소리
땅 밑으로 더듬으며
뿌리의 배꼽을 찾아 입 맞춘다

행복 · 1

희망이란 두 글자가 고난의 언덕 위에 서 있다
채찍이 아픔 때리고 기억 후려친다
생채기마다에 내돋는 소금꽃
즐거움의 신음소리가
시간의 이틈 새로 빠져나가
갈매기 되어 파도 위를 난다
바위섬의 메아리
바다의 엉덩이가 들썩거린다

행복 · 2

바람이 가슴 흔들며 하늘 껴안는다
가지의 입술에 꽃잎 돋으면
온갖 잡새 노래 물고 팔딱인다
팔을 벌린 수풀
산의 향기를 끌어안는다

빼앗긴 사랑

심장 허비는 소리가 들려오기는
그때부터였다
먹장구름 움켜잡은 바람의 손아귀도
그때부터였다
그러던 어느 날 봄이 찾아오던 날
비 그친 하늘에 무지개 비꼈다
그때부터였다
소매 떨쳐 임은 떠났지만
찢긴 잎새마다 이슬이
햇살 안고 춤췄다

꼬리말에 덧붙여

지은이 · 강성범

어려서부터 책 읽기를 즐기면서 문학가가 되기를 꿈 꾸어 왔다. 수십 년을 하루와 같이 손끝이 부르트게 글을 써왔지만 종내는 파겁 못 한 문학도의 울타리 안에서 전전긍긍해 왔다.

물론 그동안 크고 작은 상들은 더러 받아 안았지만 그런 것들은 결국 빛바랜 역사의 그림자에 불과할 뿐 가슴에 닿는 자기만의 목소리를 찾지 못하여 모질음 쓰고 있었다.

그 찰나, 복합상징시라는 샛별이 반짝 눈앞에 나타나 나를 유혹하였다.

연변아동문학학회 회장이시며 복합상징시 창시인인 시인 김현순 회장님의 가르침과 배려 밑에 마침내 시집 출간까지 하게 되는 영광을 지니게 되었다.

문학생애 수십 년 동안 함께 하여 주신 가족 여러분과 문학도 여러분, 그리고 늘 큰 힘이 되어 주신 친구, 지기 여러분들께 감사의 큰 인사를 올린다.

오늘도 내일도 석양은 붉게 타오를 것이다.

2020년 1월 25일

빼앗긴 사랑

초판인쇄 2020년 1월 23일
초판발행 2020년 1월 23일

지은이 강성범
펴낸이 채종준
펴낸곳 한국학술정보㈜
주소 경기도 파주시 회동길 230(문발동)
전화 031) 908-3181(대표)
팩스 031) 908-3189
홈페이지 http://ebook.kstudy.com
전자우편 출판사업부 publish@kstudy.com
등록 제일산-115호(2000. 6. 19)

ISBN 978-89-268-9831-4 13810